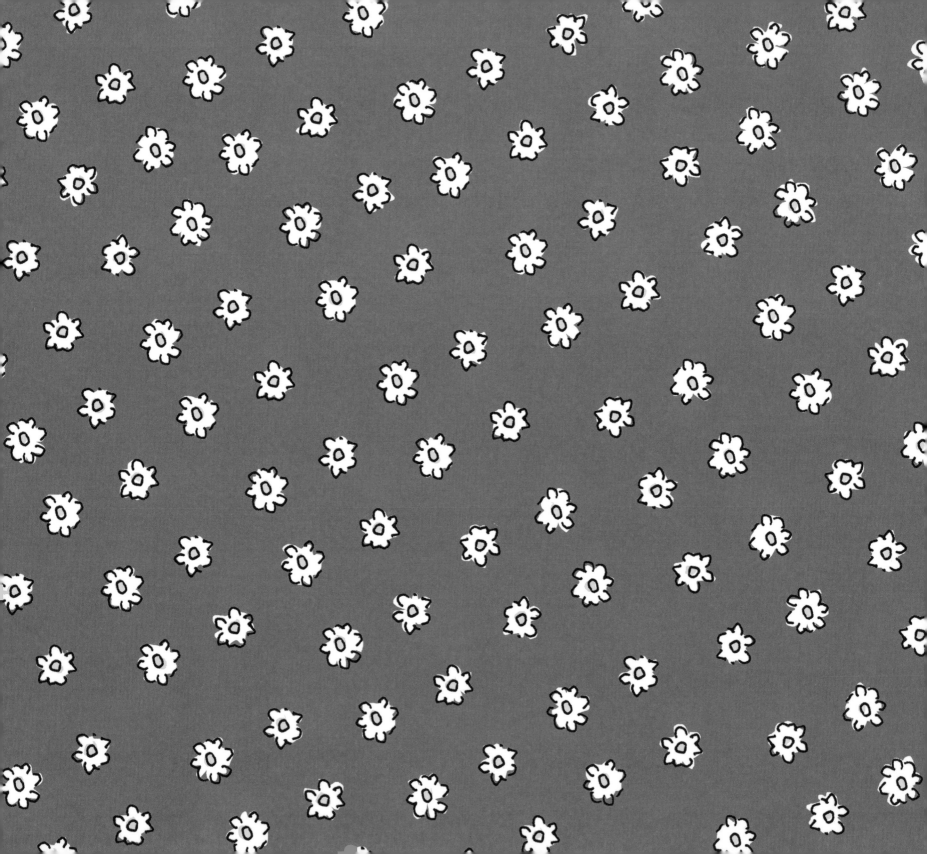

¿Las princesas tienen amigas para siempre?

Textos de Carmela LaVigna Coyle

Ilustraciones de Mike Gordon
y Carl Gordon

 Picarona

Puede consultar nuestro catálogo en www.edicionesobelisco.com / www.picarona.net

¿LAS PRINCESAS TIENEN AMIGAS PARA SIEMPRE?
Texto de *Carmela LaVigna Coyle*
Ilustraciones de *Mike Gordon y Carl Gordon*

1.ª edición: enero de 2014

Título original: *Do Princesses Have Best Friends Forever?*

Traducción: *Ainhoa Pawlowsky*
Maquetación: *Montse Martín*
Corrección: *M.ª Ángeles Olivera*

© 2010, textos de Carmela LaVigna Coyle e ilustraciones de Mike y Carl Gordon
(Reservados todos los derechos)
Primera edición en Estados Unidos publicada por Rising Moon, Maryland, USA,
y por acuerdo con Cooper Square Publishing.
© 2014, Ediciones Obelisco, S. L.
(Reservados los derechos para la lengua española)

Edita: Picarona, sello infantil de Ediciones Obelisco, S. L.
Pere IV, 78 (Edif. Pedro IV) 3.ª planta, 5.ª puerta
08005 Barcelona - España
Tel. 93 309 85 25 - Fax 93 309 85 23
E-mail: picarona@picarona.net

Paracas, 59 C1275AFA Buenos Aires - Argentina
Tel. (541-14) 305 06 33 - Fax (541-14) 304 78 20

ISBN: 978-84-941549-3-5
Depósito Legal: B-22.738-2014

Printed in China

A mis amigos próximos y lejanos…
que siempre retoman el lugar exacto en que lo dejaron.
— cvlc

Mamá, ¿puede venir a jugar una nueva amiga mía?

¿Y por qué no le propones que se quede todo el día?

¿Eres una princesa idéntica a mí?

¡Soy una princesa desde que tres años cumplí!

¡Con los vestidos de mi mamá,
a disfrazarnos podemos jugar!

Y, para terminar, dos coronas de margaritas podríamos usar.

¿Hacen las princesas castillos con sábanas y mantas?

Sí, y en uno compartiremos nuestras deliciosas tartas.

¡Uyyy! ¡Hemos dejado migas por toda la alcoba!

Allí viene mamá para darnos una escoba.

¡Princesa, saltemos con los pies descalzos
en el barro de allí afuera!

Y luego nos limpiaremos
con el agua de la manguera.

¿Las princesas cantan cuando van al zoo en coche?

¡*Sí!* Quizá mamá también cante, con ganas, a troche y moche.

¿Cómo recogen las cacas los guardas del zoológico?

Con una pala gigante, sería lo más lógico.

¿Saltan las princesas de rama en rama?

¡Haremos de monos en el parque hasta que nos dé la gana!

Mamá, ¿podemos parar en la heladería?

¡Sí, por favor, un helado con cereza de repostería!

¿Pueden las princesas tocar en un grupo musical?

Los vecinos pensarán que nuestra música suena genial.

¿Y si una princesa hace llorar a alguien un día?

Entonces debe disculparse y decir: «Lo siento, fue culpa mía».

Hagámonos una pulsera con dos corazones rosados.

Así nos la pondremos cuando estemos en lugares separados.

Que nunca dejáramos de jugar me gustaría de veras.

Eso es lo que sientes cuando la amistad es verdadera.

Amigas princesas para siempre